구멍만 남은 도넛

구멍만 남은 도넛

조민 시집

민음의 시 236

민음사

너의 텅 빈 언어를 위하여

2017년 여름
조민

차 례

3부

1부

후보자

조끼를 뒤집어 입은 사내가 트럭에 앉아 참외를 깎는다

쪼개진 수박마다
칼이 박혀 있다

노란 노끈에 고양이
한 마리
서로가 서로에게 묶여 있다

흰 장갑을 낀 손이 웃다가 손을 흔들다가 허리를 굽힌다

도로 한가운데 너는
혼자 서 있다

큰물에 떠밀려 온 통나무 토막처럼

나의 수수밭

수수밭에 수수는 없고
쉿, 쉿
수수밭에 쉬쉬만 사는데
수수알에도
수숫단에도
수수는 없는데
수수깡 슬리퍼 짝짝이 신고
수수를 따러 가는데
수수를 따려면 길을 몇 번이나 잃어야 되는데
길은 없고
수수는 더 없고
죽은 사람보다 산 사람의 해골이 더 많은
수수밭의
수상한 수수께끼
쓸어 담을 것도 없고
쓸어 버릴 것도 없는
방만하고
방탕한
구름 잡는 수수 이야기가

쉿, 쉬쉬하는데

사이버리아드*

뒤를 좇던
검은 새가 수평선에서 폭발합니다
푸른 해파리와 불가사리가 그 뒤를 좇습니다
이곳의 오래된 관습입니다

우리가 땅 밑에서
굴을 파고 우물을 파고 집을 짓는 것처럼
허공을 둥둥 떠다니는 산이나 집이나 섬 들 사이에
구름 의자를 놓고
몸을 말리는 것처럼

신발도 화초도 집도 시계도 고양이도 나무도
제자리는 없습니다

아침은 겨울이고
저녁은 여름입니다
검은 개구리가 비처럼 내리고
꽁꽁 언 물고기가 우박처럼 쏟아지고요
봐요, 악어도 미꾸라지도 생쥐도

화산처럼 펑, 터지잖아요

모두가 제자리에서 없어질 때까지
제자리가 사라질 때까지

폭죽의 맛

아이들이 참새를 붉은 폭죽에 꽁꽁 묶었다
짝 — 짝 — 웃었다 쩍 — 쩍 —
울었다

아버지는 공기총으로 참새만 잡았다
언니는 새알 같은 참새 머리만 오독오독 씹어 먹었다

나는 피에 젖은 깃털을 화단에 심었다
봄비가 와도 싹이 나지 않고 바람이 불어도 꽃이 피지
않았다

아침마다 마당에
죽은 쥐가 돌아다녔다

공기총을 닦던 아버지가 털이 흰 개를 껴안았다

폭죽과 함께 참새도 터졌다
폭죽과 함께 불꽃이 되었다

백색소음

방충망에 붙은 쉬파리와 거미를 밟은 고양이는 각각 하나 따로 하나 베란다 그득한 가을 햇빛도 하나 그 햇빛 아래 고양이도 하나 분명한가 분명하다 햇빛과 고양이 사이에 꽃이 핀 테이블 야자수가 하나 테이블도 아니고 야자수도 아닌 화초 인정하는가 인정한다 꼬리털을 천천히 핥은 고양이가 성경책 위에 앉는다 고양이와 성경책, 누가 누구를 핥아야 하는가 고양이 발밑에서 말씀은 흰 털처럼 우수수 떨어지고 파리는 왱왱왱 고양이를 놀리고 고양이는 파리를 못 본 척하고 얼굴 한쪽을 뭉개고 있는 고양이 궁둥짝을 하나님은 애써 모른 척하고

나는 천천히 청소기를 돌린다

타투 레터링

매일 밤 칼을
베고 칼잠을 자는데요
깨어나면 남의 팔을 베고 있어요
꿈이 아닐까 봐 열두 손가락을
콱 깨물어 뜯어요

(내가 있던 자리로 다시 데려다 줘요)

칼로 밥 푸고
칼로 일기 쓰고
칼로 검은 때도 벗겨 냅니다

(차곡차곡, 칼자국을 쌓아 보세요)

피 묻지 않은 손은
모르는 문장이고
칼자국이 깊은 발음이지요
결대로 자르고
검은 빛이 새어 나올 때까지 사선으로

칼금을 그어 주세요

(헛, 이 칼은 누구의 손인가요?)

칼금이 흔적도 없게
칼자루까지
와작와작 씹어서 삼키세요

흰옷 입은 메티 1

짐이요, 짐

외발 리어카가 담뱃불을 홱, 던지고 달아난다

뼈 깎는 소리가 난다

귓속에서

바짝 마른 여자가 흰 개를 끌고 간다

횡단보도에

그는 아이스바처럼 엎질러져 있다 노란 헬멧이 눈부시다

무심코 찬 돌이

날아가며 쩍! 쪼개진다

혀 밑에 고인 침을 힘차게 뱉어 버린다

자다가 깨면

불탄 개가 내 목을 핥고 있다

세상의 모든 아침

여자는 동네를 돌고 돌았다
매일 아침 나무토막을 두들기면서

천국 갑시다 딱, 딱, 딱 천국
갑시다 딱, 딱, 딱

어릴 때 교회 오빠는
자기 무릎에 앉으면 천국에 간다고 했다
천국은 지옥이었다

돌아가신 할머니는
파란 마늘밭에서 누가 자꾸 부른다고 했는데

지금은 어디서 무엇을 물에 불리고 계실까

밤이 더 환했다 내 방은
만능열쇠 간판 빛 때문에
창문을 열면 천국 문이 열릴 것 같았다

자고 나면
바늘을 삼킨 물고기처럼
얼굴이 퉁퉁 부어 있었다

자두 만세

당신은, 첫 자두야
한입 가득 베물어 내 입에 넣어 줍니다

한 몸에 억만 개의 마음

자두보다 당신 혀가 더 달달하다는 말은
혀 밑에 묻어 버리고

쓰다 써,

빨다 만 자두 씨를 단숨에 삼킵니다
한 번도 안 태어난 아이

내 몸속에도 코끝 찡한 둥근 뼈가 있습니다

니체의 사과

사과라는 사과는 다 있어

A- 사과처럼 보이는 사과를 찾아서
P- 자두나 살구나 유자나 밀감이나 오렌지나 사과나
P- 머리 위에 꽂힌 꽃이 피나 안 피나
L- 꼭지는 날개
E- 사과 껍질에 웬 흰 털?

껍질을 벗겨도 사과인지 오렌지인지 수박인지
알 수가 없어
누가 그랬니 껍데기는 가라고
껍질인 척하지 마시오
껍데기인 척하지 마시오

모든 껍데기와 껍질에게 알립니다
오늘은 사과를 사고 사과를 파는 날

사과라는 사과는 다 있어?

가족 감각

오리주둥이 같구나 주먹을 빠는 입이

먼저 간 네 엄마는 네 발로도 잘 걷고 앉아서도 잘 걸었지 밥도 잘하고 아이도 잘 낳고 젖도 참 많았지 엄마라고만 안 불렀어도

누군가 나도 데려가겠지 무릎이 까지도록 마루를 닦고 손톱이 빠지도록 계단을 닦으면 소리 소문 없이 새벽마다 검은 쌀을 씻고 보리죽도 끓이고 간장 된장 다 달이고 내 이름도 주소도 깡그리 잊어버리기만 하면 엄마, 엄마

뜨거운 팥죽을 맨손으로 잘도 푸는구나 빈방에 팥죽 한 그릇 나 한 그릇 나 모르게 가거라 가스불도 끄고 전기 코드도 빼고 환풍기도 끄고

너 안 불렀다 네 엄마 불렀다

엄마, 이젠 눈을 뜨고 주무시네 곰국도 한 솥 흰밥도 한 솥 보리차도 한 솥 이걸 다 먹기 전에 가시겠지 설마, 이걸

다 먹고 가실까 앗,

차가워 바닥이 냉골이군 외투도 벽도 물통도 다 꽁꽁
얼었네 가족사진 같네 나가자 가자 아버지 깨시겠다 엄마
부를라 또 *끄떡없어 불판이나 빙판이나 바늘판이나

장님 벙어리 귀머거리면 만사형통이지 만병통치약이지
이승이나 저승이나 천당이나 지옥이나 그게 그거지

문 닫지 마라 가스불도 연탄불도 *끄지 마라 네 엄마 올
거다

설마!

나의 도보 여행자

우리는 검은 숲을 지나
빙하와 크레바스를 건너
세상 끝에서 끝으로 걸어 간다
항공로나 철로나 뱃길이나 모두
하나의 선일 뿐
우리의 모험은 대체 어찌된 것인가
밤은 하늘의 바다*
어두워져도 어두워지지 않는 밤에
우리는 걷다가 달리다가 우두커니 서 있는 사람들
쉬지 않고 걷고 또 걸어도
세상은 점점 더 커지고 더 깊고 깊은 블랙홀이 되고
걷는다는 것은
세상 안에서 순식간에 사라져 버리는 것
세계를 지워 버리는 것
실종자가 한 명 더 늘어서
실종인가 실족인가 사망인가 회자되다가
결국은 잊혀지는 것
우리의 모험은 어디쯤 걸어가고 있는가
사람 대신 북극곰이 있고

트럭 대신 빙하가 있고
그 후 몇 달은
햇빛도 달빛도 없는 곳에서
화로에 탄 검은 빵을 뜯어 먹으며 듣는
익명의 체험담처럼

* 파스칼 키냐르.

일요일의 조건

그는 급소입니다
살짝 건드리기만 해도 자지러지는
남의 목소리에 숨어 사는
다족류
고양이입니다
눈 깜짝할 사이에 등짝에 붙어 버리지요
식탁에서 그는 포크입니다
나이프보다 더 깊은 잠을 자지요
식탁 밑에 납작 엎드려 있어도
등을 뚫은 칼끝은 숨길 수 없어요
자꾸 나라고 우기고
자꾸 내가 아니라고 우기면서
그와 나는 마주 앉아 일요일의 그릇을 비우고 또 비웁
니다
현관 밖에
토막토막 난 고백의 면발 몇 가닥
양념이 군데군데 묻은
지문 몇 개
그릇그릇 포개져 있는 것

안 보입니까!

가이동가이서

비가 온다
지붕을 걸어서 온다
계단을 걸어서 온다
파란 빗자루에 앉았다가
일어선다
의자에 앉았다 일어난다
꽃나무 발등에 앉는다
비를 쓴다
비를 비로 쓴다
비가 이리저리 쏠려 다닌다
쓱쓱쓱 비가 간다
계단을 걸어서 간다
꽃잎을 밟고 간다
빗물이 발가락 사이에 고였다가
빠져 나간다
비는 오다가 가고
비는 가다가 다시 온다
의자는 말이 없다
의자는 발이 없다

꽃나무는 말이 없다
꽃나무는 발이 없다
비가, 꽃나무가, 살짝 왼쪽으로
허리를 비튼다
비와 꽃나무는 서로를 모른다
꽃나무가 나를
계단에서 지붕 위로
옮긴다

릴리트*

파란 사과야 나는, 딱 사과 한 알이지 자두나무에 열렸
어 주절주절 자두라고 불러 줘 배 속의 검은 씨가 움찔움
찔 춤추게 입속의 검은 씨도 툿툿툿 뱉어 버리게 으흥, 자
두 씨는 아냐 사과 씨도 수박 씨도 아냐 포도 씨는 더더욱
아니야 검은 콩이야 검은 콩깍지야 허물을 뒤집어쓴 채 눈
알만 쑥쑥쑥 자라는 콩나물? 콩덩굴? 콩나무? 땅속을 뚫
고 구름도 뚫고 올라가는 레드우드 콩나물이야 재크의 구
름 계단이야 괴물을 만나면 괴물이 되고 괴수를 만나면 괴
수가 되고 야수를 만나면 야수가 되는 검은 수증기야 검은
빗방울이야 검은 사다리야 뭐라고 자꾸 삐뚤빼뚤 휘청휘청
한다고? 그것 봐 모티프는 어려워 다시 풀고 겉뜨기만 해
안뜨기만 해 그러면 뭐든 되겠지 모자든 사과든 야수든 언
젠가는

* 아담의 첫 아내.

우리는 몇?

씻다가 버린 쌀알, 쓰다 버린 칫솔 몇, 뽑아 버린 영구치, 뽑지 않은 유치 몇, 내가 버린 생리대, 내가 놓친 버스 몇, 내가 부른 택시 몇, 내가 버린 개, 내가 버린 고양이 몇, 죽은 거 몇, 트럭에 으깨진 거 몇, 다시 낳은 거 몇, 내가 구워 먹은 소갈비, 걷어찬 개다리, 오리 꽥꽥 몇, 튀겨 먹고 찢어 먹은 문어 대가리 몇, 문어발 몇, 속임수에 넘어가는 너 몇, 안 넘어가는 너 몇, 내가 잘라 버린 탯줄, 내가 긁어 버린 태아 몇, 누구, 누구라도, 누구여서, 누구라서, 누구니까 몇, 내가 버린 이름, 너를 버린 이름 몇, 씹다 뱉은 거짓말 같은 참말 씹다 삼킨 참말 같은 거짓말 몇, 꼭꼭 씹어라 혓바닥 보인다 꿀꺽 삼켜라 목젖 보인다 내가 감긴 눈꺼풀 몇, 몇 통, 몇 평, 몇 권, 몇 켤레, 몇 겹, 몇 회, 몇 안 되는 대사 외면서 이리 뱅뱅 저리 뱅뱅, 후안무치 나는 무안무치, 나는

몇?

멜랑콜리아, 오후

찬송합니다
찬양합니다
무쇠 가마솥에 검은 돼지머리
쇠젓가락으로 푹푹푹 쑤셔 가면서
성부와 성자와 성령의 이름으로 아멘
포도주도 붓습니다 육포와 쥐포를 짝짝짝 찢습니다
염주 알도 세고 십자가에 못도 박습니다
자, 하얀 네 손등에도 하나
칼등 같은 네 발등에도 하나
사이좋게 하나씩 둘씩 나누어 박을까요
고백합니다
자백합니다
요셉은 요셉이 제일 싫고
아난다는 아난다가 제일 역겹고
무함마드는 무함마드가 제일 지겹지요
묵주를 돌리고 또 돌리다가 목탁을 집어던집니다
십자가도 벗어던집니다
칼입니까
도낍니까

이마 한가운데 찍힌
검은 반달 반점

占 뼈

감자탕을 먹다가
가스렌지에 담뱃불을 붙이는 뼈
김칫국물 흥건한 식탁에서
젓가락 장단 치면서
폭식하고 폭음하고 폭언하다가
단식하는 뼈
치석도 없고 담석도 없고
선산도 없는 뼈
왼손 하면 왼발
머리 하면 다리
노란 아나콘다를 돌돌돌 목에 감고서
매일 알약 열 개를 먹는 뼈
목뼈 하나가 없는 뼈
삐고 금 가고 부러지고 부서져서 흰 가루가 되어야
비로소 뼈가 되는 뼈
부러진 뼈가 다 붙어야
행인이 되었다가
성녀가 되었다가
창녀가 되었다가

마침내 스승이 되는 뼈

뒤틀린 골반뼈부터 맞추기 시작한다

구름에 달 가듯이

저 멀리 구름이 흘러갑니다 팔순 아버지가 걸어갑니다 팔순 아버지가 기어갑니다 코 안에서 목 안에서 부레 같은 검은 혹이 몽글몽글 익어 갑니다 *뭉게구름이 뭉게뭉게 뭉개 집니다* 일곱 살 아버지가 이불이 된 바지를 턱 밑까지 끌어 올리고, 홀로 앉아 일일 드라마를 봅니다 새벽 뉴스를 봅니다 어디서 썩는 냄새가 나는 거야 좀 씻고 다녀 아무도 내 곁에 가까이 오지 마 *저 멀리 하늘에 구름이 흘러갑니다* 수평선이 길어집니다 세 살 먹은 아버지가 훌쩍훌쩍 웁니다 왜 밥 안 줘 왜 아빠만 떡 먹고 고기 먹는 거야 *저 멀리 수평선* 너머로 일곱 송이 수선화가 떨어집니다 툭 툭 툭 그 집 앞 목련꽃이 떨어집니다 흰 꽃이 흰 식빵 부스러기가 우수수 떨어집니다

창턱에 늙은 고양이 한 마리 식빵처럼 앉아 있습니다

우린 모두 가족처럼

드라마는 꼭 챙겨 봐 다큐도 6시 뉴스도 인간극장도 빠뜨리지 않아 친해지면 가족이고 궁금하면 형제지 존중해 사랑해 드라마의 운명적 플롯 다큐의 아름다운 결말 세상의 모든 독신자와 모든 노숙자와 모든 고아들에게 가족을 선사하잖아 핵가족 좋고 대가족은 더 좋아 행복하게 오순도순 오래오래 살게 하잖아 늦어도 18회쯤 주인공은 달인이 되고 적어도 주말쯤 범인은 잡히지 진짜 이웃처럼 진짜 가족처럼 설 만두 빚고 찜질방도 노래방도 함께하는 가족은 일률적이야 일괄적이야 TV 속 가족은 해피해피 시시각각 해피앤딩 모두들 극적으로 죽고 모두들 극적으로 살아나지 진짜 아버지 나사렛처럼 싯다르타처럼

니체의 목도리

그는
족집게로 흰머리를 뽑고
나는 그의 젖은 머리를 쫑쫑 땋는다
뱀 같아 뱀 꼬리 같아
그가 치마 속에 빨간 손가락을 넣고
누가 아직 안 들어왔나
누가 아직 안 나오나
털 하나, 털 둘, 털 셋, 털 넷……
장갑을 뜬다
목도리를 뜬다
검고 흰 손가락으로
다리를 벌리고
족집게로 빨간 털을 뽑는 사이
나는 내 흰 머리카락으로
뜨다 만 그의 발목과 손목을 뜬다
끄트머리 뜨개꼬를
그의 배꼽에 살짝 걸어 본다

우리는

비틀비틀 빼뚤빼뚤

참 잘 짜여져 올라간다

나의 아름다운 거품 세탁소

바빠요 바빠 거품은
내장도 씻고 핏물도 빼고 비린내도 헹구고
잇몸만 있는 입으로
수십 번씩 입안을 헹구지요
당신의 손가락과 혓바닥에 질질 끌려다니며
오전은 노파가 되어
오후는 소녀가 되어
목구멍 깊은 곳에 쪼그리고 앉아 있어요
늘씬 패 주시오 흠뻑 적셔 주시오
쫘아악 짜 주시오
주걱턱이 목덜미에 붙어 버리게
젖가슴이 등짝에 붙어 버리게
아침은 입술로
저녁은 혓바닥으로
빨아 주고 핥기만 하면
당신은 종양처럼 용종처럼 너무 다정해
너무 정다워
나는 빨판처럼 붙어 있을래요 당신의 갈비뼈 사이에
내 혓바닥의 사마귀만

떼어 주신다면
검게 변색된 겨드랑이와 사타구니의
당신 지문만 지워 주신다면

B컷

아닙니다 난 아닙니다 새발톱처럼 콕콕 찍어 쓴 글씨체도 같고 말끝마다 콧소리 내는 것도 똑같고 손금도 지문도 판박이지만 *아니, 나는 아니, 나는 아니라고요* 가끔 역주행으로 119에 실려 가고 이따금 맨발로 히치하이킹하는 것도 비슷하지만 나는 아닙니다 나는 아닙니다 *나는 걷지도 뛰지도 못하는데요* 귓속말도 혼자말도 녹음해서 다시 듣고 또 듣고 1인 다큐도 1인 방송도 100회를 넘겼지만 나는 아닙니다 나는 없다니까요 아, 글쎄 저 밀짚모자가 아버지고 저 슬리퍼가 언니고 저만치 떨어져 비 맞고 있는 의자가 막내라니까요

글쎄, 내가 보이기는 해요?

2부

애자

피뢰침 꽂고
철탑 밑에 쪼그리고 앉아 있다

아흔아홉 개의 우산을 쓰고
아흔아홉 개의 광배를 쓰고

번개 치는 찰나에
벼락 치는 찰나에

찰칵, 마침내 천둥 번개가 내 머리카락에 불을 붙이고

빛이 있으라, 하니
내가 있었다

싱크홀

물로 짠 구멍이지
이 구멍을 뒤집어쓰는 순간, 모두 고래가 되어 떠나지
신나지, 신나서 죽어 버리지
숨 쉬는 것도 단숨에 잊어버리지
똑같은 옷을 입은 사람들이
똑같이 늙어 가는
여기는 '나'라는 단어가 '달'보다 더 낯선 단어
누군가 맥주병을 들고 집 앞에 서 있거나
누군가 바구니에 빵 대신 아이를 담거나
역할이 바뀌고 뒤섞여서
1년이 하루처럼 지나가다가
잠시 멈추어 선 곳
혓바닥이 새까매질 때까지
애인의 비밀을 소리 내어 읽고 또 읽는 건
나만의 즐거운 일용할 양식
개를 사서 사랑하고
개를 팔아 사랑하면서
스스로를 개라고 믿는 숱한 고백 고백들
아무렴, 그건 운석이 아니란다

너와는 아무 상관없이 우주가 던진 질문이란다
눈만 뜨면 낮, 눈만 감으면 밤
노란 인도 카레를 한 솥 가득 끓여 놓고
한밤에 마을 전체가 사라진 그 페이지부터
소리 내어 읽기로 해
물에 젖은 소매부터

인생들

심장부터 꺼내 봐
내장만큼 투명한 건 없으니까
뼈를 만지고 뼈를 맞추고
처음 본 새의 발자국에 입을 맞추고
경건한 노래를 해
대부분의 뼈는 다 가짜
대부분의 노래도 다 가짜
그때 그대의 흰 셔츠는 빛났고
밤은 밤처럼 흘러갔고
사람은 인생의 것이라는 말을 속삭였던가
누군가 헛배를 쓸면서 헛트림을 하네
사람들은 점점 더 오래 살고 심지어 죽지도 않지
백 살인지 삼백 살인지 모르게 되고
어제가 오늘인지 오늘이 내일인지
잊어도 되는 날
또 한 명의 인생이
집을 짓고 아들을 낳고 글을 쓰네
우리는 모두 동그랗게 식탁에 앉아
각자의 몸에 방 하나를

환하게 비우고

북경 아침

검은 옷을 입은 노인이 글을 씁니다
물로 씁니다 붓으로 씁니다

붉은 꽃을 머리에 꽂은 남녀가 춤을 춥니다
깃털 공이 하늘 높이 올라갑니다

흰 새가 붉은 나무 사이를 날아다니며
큰 소리로 글을 읽습니다

止止止止 止止止止 止止止止 止止止止

점점 글이 지워집니다 점점 글이 날아갑니다
저 많은 글은 어디로 가는 것일까요

아, 우리는 어디서 온 止일까요 어디로 가는 止일까요

노란 옷을 입은 아이들이 우르르 몰려와
물방울을 손으로 찍어
볼에도 찍고 손등에도 찍고 입술에도 찍어 바릅니다

止止止止 止止止止 새들이 사라집니다
止止止止 止止止止 아이들이 지워집니다

하이퍼그라피아

자면서 쓰고 자면서 말한다
또 다시 수면시대*
걸어 들어간다/빠진다
쓰다 만 글은
누구의 얼룩/누구의 손금인가
계단을 오르락 내리락 *그 자리가 시작!*
책상을 들었다 놓았다 *그 자리가 끝!*
입천장이 긁히고
혓바늘이 돋고 잇몸이 붓고
한 방울의 땀도 흘리지 마시압!
나는 날마다 큰 소리로 읽고 큰 소리로 중얼거리는 사람
아침은 벙어리
저녁은 귀머거리
쓰고 지우고 쓰고 지우고 쓰고 지우다가
불에 태우는 사람
찢어진 글자가 산산이 흩어진 방에서
물에 젖은 종이를 얼굴에 덮고
자는 사람

읽자마자 지워집니다, 나는

* 로베르 데스노스.

일러두기

비에 맞아 죽은
익사체

푸른 넥타이를 자르는 퍼포먼스/심장을 꺼낸 문장부호

비는 비를 잊어 간다
우산은 우산을 잊어 간다
익사체는 익사체를 잊어 간다

의도적으로/우연적으로/우발적으로

인용 부호 안의 내일은
사건/사고가 전혀 없는 사람
익사체를 타고 강을 건너가는 사람

비에 씻긴 문장이 흘러내린다
비에 젖은 문장을 담벼락에 칠하고 또 칠한다

주름도 절개선도 없는

너의 담장과
너의 문장

하루살이 떼를 머리에 쓰고

뒤로 걷는 그를 따라서
들길을 걷습니다
그는 자꾸만 뒤로 가고 나는 앞으로 갑니다
걷는다를 찍는 그와
걷는다를 머리에 인 나와
걷는다를 슬리퍼로 질질 끄는 그가
들길을 갑니다
우리는 머리가 셋입니다
우리는 가슴이 셋입니다
머리 하나는 웃고 머리 둘은 울고 머리 셋은 아픕니다
들길은 들길에서 저물어 갑니다
들길은 나를 모르고 나는
들길을 모릅니다
나는 알려지지 않은 또 하나의 들길,
그 누구도 쓰지 않았을 편지와 담쟁이와 이끼와
거미줄도 없는 들길이
들길 끝에 서 있습니다

말풍선처럼 붕붕 따라다니는 하루살이 떼를 머리에 쓰고

토리노의 말

물로 글을 쓰고 행인을 그리고 가로수를 그린다 비가 온
다 겨울비가 온다 비는 하늘에서 내려오는 맹물 아무 맛도
안 나고 아무 냄새도 안 난다 물을 썼어 마시는 사람은 누
구? 물로 쓴 글씨 물로 그린 얼굴은 아무도 못 읽는다 아
무도 못 본다 쓰자마자 지워지고 쓰자마자 말라 버리는 맹
물 맹물의 말 맹물의 글 물로 쓴 글씨를 다 읽고 다 외워
쓰면 다시는 안 죽는다 다시는 안 태어난다 비에 젖은 그
가 또 빗물 한 통 받아 온다 젖지도 마르지도 않은 말을
써 봐 나를 써 봐

습신

죽은 그의 구두를 꺼내 신어 본다

내 발에 딱 맞다

두 발이 바닥에 닿지 않게 된 걸까

백골이 된 그가 이 방 저 방 흘러 다닌다

내가 태워 버린 옷을 입고

천장에서 검은 물이 뚝, 뚝, 뚝 떨어진다

죽은 그의 셔츠며 속옷을 빨아서 말린다

나방이며 초파리며 하루살이들이 더 이상 날아오지 않
는다

홑이불 밖으로 삐죽 나온 젖은 내 발에

누군가 입을 쪽 맞춘다

꽃밭에서

화단에 뿌린 건 상추씨
화단에 묻은 건 고양이 머리

아빠하고 나하고 만든 꽃밭에

거꾸로 매달려야 잘 자라죠
가지와 가시오이는
겉과 속이 다른 열매들

열매의 상부에 핀 꽃들이여*

비닐 따로 폐지 따로 유리 조각 따로 뼛조각 따로
민달팽이가 티눈처럼 붙어 있습니다

봄이 오면 꽃밭에서 아주 살았죠

비닐을 뚫고
비닐을 뒤집어쓰고
동네 아이들이 태어납니다

고양이 울음을 닮은

* 김수영.

숏컷

13이 사라졌소

13의 복도는 문과 벽의 세계

門의 3인칭은 問이고

또 聞일 뿐

窓은 단 하나의 槍으로 충분하오

1의 창은 2

3은 꼬리만 남은 문

4는 복도 끝에

둥근 웃음으로 고여 있소

5가 흰 발자국을 핥으면서

제자리에 서시오/제자리에 앉으시오

6인의 암호는 6이오

7인의 구호는

절망이오 절벽이오 절대절명이오

8은 9의 반복적인 반문

10의 의자까지는

구천 년, 구만 년이 걸리오

11이 발바닥으로 제 뺨을 때리오

12의 文章앞에서

13이 자문자답하오

어떤 벽이

문이오!

생일은 계속된다

……죽는 것은 인생들, 인생들, 인생들이다*

꽃다발을 받았어
노랗고 빨간
가시 꽃다발, 가시를 안았어

오늘은 생일
매우 조용히 살아가는 날들 중 하나지
심해의 물고기가 심해를 물어뜯는 것처럼
노래를 불렀지

우리 모두 태어나기 전의 얼굴로 돌아갑시다

촛불은 꺼지고
너는 피어나는 장미

자기 나이보다 더 길고 긴 고백을 하는

우리는 생크림처럼 녹아 버리고
사랑하는 친구야
우리가 진짜 태어난 걸까

세상의 모든 생일을 모아 불에 태웁니다
검은 재로 축하 카드를 씁니다

태어나기 전의 모든 나에게

* 루크레티우스.

비인칭의 화법

밑창 없는 구두와

트렁크에 심은 해바라기 꽃

1년 내내 유리창에 머리만 부딪치는 붉은 새

태양을 뚝뚝 떼서 끓인 수제비

마른 도마 위에서 해 대는

마른 칼질

엎어져 숨도 쉬지 않는 모자, 모르는 발자국 위에 찍힌
입술

투명 유리 화병에 꽂힌

열두 개의

손가락

비토 두부

너를 생각하면 검은 게 제일 맛있어
검은 두부

두부는 콩이 사라지는 지점에서
굳어지지
그것은 두부의 결단

두부를 먹으면 죄가 지워진다
두부를 먹으면 죄가 사라진다

두부를 굳히는 심정은 네모나 있다
두부를 자르는 손등은 순두부처럼 퉁퉁 부어터져 있다

새벽마다 나무토막으로
딱·딱·딱·딱 천국에 갑시다 천국에 갑시다
천국 문을 두드리는
모자 쓴 여자는
하루 세 끼 두부만 먹을까
하루 세 번 천국에 가는 걸까

우리를 씻은 두부들
우리의 죄를 먹은 두부들은 어디로 가는 걸까

뜨물처럼 희뿌연 새벽이면
콩알만 한 사람들이
두부 속에서 나왔다가 두부 속으로 들어간다

공설 운동장

공설 운동장에 가자
수천 개의 플라스틱 의자에
수만 개의 튤립을 심자 붉은 개양귀비도 심어 보자
비 오는 트랙을 뛰고 있으면
오래된 유령들이
팽나무 안에서
시소 위에서 평행봉 밑에서
몽당비 끝에서 부스스 잠을 깬다
깊은 밤 유령처럼 운동장을 걷는 사람은 누구?
온종일 옷걸이처럼 서 있다가
소파처럼
누워 있던 사람
손톱 끝에서 종이 냄새가 나는 사람
여기가 거긴지 거기가 여긴지 모르는 사람
붉은 트랙 위에 아무렇게나
누웠다가 앉았다가
멍하니 하늘 한번 보고
구름 한번 보고
모처럼 공공장소가 되어 보는 사람

수만 개의 의자에
검은 돌을 하나씩 둘씩
쌓아 놓고서

나의 삼천포

　삼천포는 포구다 포구만 삼천 개 항구는 더 많다 삼천포 아가씨가 바다 입구에서 노래를 부른다 삼천포 아가씨를 부른다 혼자서는 안 부른다 사람이 지나가야 부른다 삼천 번도 더 부른다 삼천 번을 더 불러도 외울 수 없는 노래 삼천포는 삼천 리를 가야 한다 밤새도록 삼천 리보다 더 멀리 가야 된다 남해로 빠진다 말 안 된다 거제로 빠진다 말 더 안 된다 삼천포로 빠진다 이 말만 말 된다 매일 아침 나는 삼천포로 빠진다 비 내리는 삼천포에 부산 배는 떠나간다 쿰쿰하고 비릿비릿해지는 순간 삼천포는 삼천포로 빠진다

팔포

조금씩 가라앉는다는
팔포 매립지

지난 봄에는 무릎까지 물이 찼다는데요
나는 그 물에 머리를 감고 집으로 돌아왔지요

노란 산수유와 벚꽃들이 점점이 흩어집니다
물속에서도 꽃이 피고 꽃이 집니다

이 포구에서는 뭐든지 놓고 내려도 됩니다

누군가 나를 여기
버렸듯이

내리는 사람만 있고 타는 사람은 없습니다
집만 보이고 사람은 보이지 않습니다

미스테리아

주머니 칼을 닦습니다

당신은 소금을 말리고

나는 360일 걸어 다니면서

오늘은 검은 염소, 내일은 노란 모자를 팔지요

매일매일 나는 팔기만 하는 사람

당신은 버리고 죽이는 게 더 편한 사람

당신의 침은 언제나 새콤달콤하고

누가 그랬나요

과거는 꿈속의 일이라고

나는 불에 탄 이 의자를 바다라고 부를래요

딱딱한 바다에 퍼질러 앉아

모든 경우를 상상하지요

어두워져도 어두워지지 않는 밤에 대해

밤은 하늘의 바닥*이라는 것에 대해

각자 운명은 이미 정해져 있듯이

매일 동틀 무렵

지붕 위를 뛰어다니는 염소처럼

빵은 막대기 종이는 먹구름 커피는 뱀 모양의 연기

뭐든지 내 마음대로 해석하지요

당신의 소금은

몇 스푼?

* 파스칼 키냐르.

당신의 화자話者

재 털면 재떨이 오줌 누면 요강 밥 푸면 밥그릇입니다

아, 그건 달의 언어

꿈에서 바뀐 기억입니다

방금 내가 한 그 말, 비밀은 아닙니다

아니에요, 방금 그 질문은

무덤,

없어진 내 무덤입니다

이가 아프군, 하면 이가 아프고

배가 아프군, 하면 배가 아프고

괜찮아요, 다 털어놓으세요

뭐든 열심히 소모시키면 됩니다

사라져라, 하면 사라집니다

옥타곤

― 주먹들

눈에 주먹이 박혀도 얼굴이 흐물흐물 흘러도 옥타곤은
나의 육첩六疊 나의 옥탑방 해골 망토를 뒤집어쓰고 파이
터 파이트! 코가 눈이 되고 눈이 귀가 될 때까지 승자가
패자가 되고 패자가 승자가 될 때까지 내가 나를 모를 때
까지 내게서 내가 완전히 멀어질 때까지 라운딩 파운딩 그
라운딩! 뱀 머리 파이터가 얼굴을 깔아뭉개고 파운딩 연타
를 퍼붓는다 피떡이 되고 피칠갑 되어 코뼈가 나가고 척추
가 나가도 옥타곤은 나의 영원한 나의 육첩六疊 피걸레 파
이터가 뱀처럼 실실 웃는다 육첩六疊의 웃음으로 그래 웃
어라 웃어 파이터는 파이팅!

3부

패총

흙 속에 얼굴을 파묻고
잠을 잡니다

젖은 눈에서 모래가 흘러나옵니다

검은 돌을
주머니에 채워 넣은 그가
죽은 새를 안고 돌아옵니다

흰 꽃을 머리에 꽂고
젖은 물풀과
불가사리와 조개껍데기를 불에 태웁니다

불에 타지 않는 것만 태웁니다

방죽에 앉은 나는
점점 모래가 되어 갑니다

픽션들

흰 꽃을
머리에 꽂았군요
그는 죽은 건가요?
이곳의 추모 방식은 꿈을 꾸는 거예요
서서 자고
앉아서 자고
뛰면서 자는 거지요 꿈을 꾸면서 걷는 거예요
그는 매일매일 신열에 들떠 귓속말을 하고
기쁘게 아프고 즐겁게 앓으면서
하루에 세 번 죽는 사람
귀에서 눈에서 모래가 흘러내립니다
모래의 책*들
그가 사랑했던 플롯은 화자가 없어요
등장인물은 모두 독자입니다
그중 한 명은 살인자
또 한 명은 불량배의 딸
매번 다른 해석으로 깨어나는
악몽, 우리는
누구의

화자인가요?

* 보르헤스.

마카롱은 마카롱으로

그대여 그대여 마카롱 나를 불러요 사랑스러운 그대여
개 부르듯이 개 잡듯이 다시는 안 돌아오게 다시는 안 돌
아보게 그대의 마카롱은 물만 먹어도 살찌고 물만 먹어도
토하지요 마카롱 덕분에 마카롱 때문에 독백도 고백도 자
백도 모두 외국어로 들려요 노랑도 파랑도 빨강도 다 동글
동글 무색무취의 마카롱은 마카롱식으로 귀도 핥고 눈알
도 핥고 혓바닥도 닦아 주지요 날아가면서 칼자국을 내고
날아가면서 쇳소리를 내는 마카롱마카롱마카롱 파리마카
롱 마카롱롱롱 롱! 다시는 날 부르지 마요 12시간을 날아
서 12시간 전으로 돌아온 것일 뿐 마카롱이 연기로 물방
울로 먼지로 흩어지는 여기

누구?

주먹이 운다 3

CT를 찍는다 싸우려고, 피도 뽑고 혈압도 잰다 싸우라고, 앰뷸런스 도착한다 링 닥터가 대기한다 단 한 방 주먹을 위해 전국의 주먹들이 옥타곤에 오른다 난 무직이야 난 스턴트맨이야 난 강원도 조폭이야 난 경상도 양아치야 난 고물상이야 전국에서 울다 만 피 주먹들이 크게 한 번도 울어 보지 못한 주먹들이 주먹도 아닌 주먹들이 우르르 몰려든다 한 번만 딱 한 번만 울고 싶어 번개처럼 벼락처럼 쩌렁쩌렁 울고 싶어 코뼈가 부러지고 갈비뼈가 나가도 피범벅 피떡이 되어도 이제껏 밥만 울고 트럭만 울고 굴삭기만 울고 맨홀만 울고 라면만 울었어 이젠 주먹으로 울어 볼래 울다가 울다가 머리가 깨지고 울다가 울다가 턱뼈가 나가도 이번만은 주먹으로 웃고 주먹으로 울 거야 맨몸과 맨손으로 맨발과 맨주먹으로 울 거야 주먹이 운다 텅 빈방에서도 한 번도 제대로 써 본 적 없는 주먹을 쥐고 하얀 두부 같은 주먹을 쥐고 주먹 같은 눈물을 뚝뚝뚝 흘리며

아웃 & 줌

연기를 찍었군 먼지를 찍었어 역광이 모닥불 앞의 노인
을 쓱싹 지웠네

주름 하나하나 다 살려야 돼 야아, 타짜는 뭐니 뭐니 해
도 포커페이스와 아웃포커스가 생명이지 무엇을 아웃시키
고 무엇을 줌할 것인지 미리미리 준비해야지 사진은 계산
이고 전략이야

오호, 늘어진 속옷이 펄럭이는 골목길 참 좋다 텅텅 빈
골목길 진짜 좋다 에이, 개라도 한 마리 잡아 넣지 안 오면
기다려야지 몇 날 며칠을 누가 언제 어떻게 올 건지 모르
지만 기다려야지 기다리면 오니까 벼락도 쓰나미도 태풍의
눈도

저수지에 빠진 검은 집, 반영 샷, 하늘을 더 밑으로 내려
야 하지 않을까

머리 없는 흰 몸은 염소야 소야 개야 머리를 찾아야지
잃어버린 머리 빼앗긴 머리를 찍어야지 눈을 부릅뜬 머리,

아무 머리라도 찰칵!

의천도룡기

내 이름 조민趙敏의 하늘旻은
태양日을 머리에 이고 있는 문장文
나는 빛을 모자로 쓴 시인,
얼마나 좋나 매일매일 불타서
태양신도 아니면서 태양을 머리에 쓰고 태양을 신고 다
니고
그런데 왜 그럴까
조민이 되고부터 밤낮으로 시달리는 만성 두통
알 수 없는 불안과 초조
일 년 내내 붙어 다니는 열감기에 코감기
태양日때문인지 문장文때문인지
하늘旻때문인지
의천도룡기 조민처럼 절대 무공을 닦고
사랑하는 장무기와 일부종사했다면 좀 달라졌을까
스승이 그랬다 선배가 그랬다
하늘旻보다 눈물淚이 더 잘 어울린다고
너는 조루趙淚라고
활활 불타는 하늘旻보다
드라마 보다가 짜고 만화 보다가 엉엉 우는 눈물淚이

오늘도 집구석에 들어앉아 홀로 실실 웃는

눈물淚이

너의 하늘昊이라고

설날

죽은 사람이 가장 먼저 밥을 먹는다
설날 아침은

흰 쌀밥과
두부 탕국과 흰 살 생선
흰 종이 밥상

이 동네 사람들은 죽으면 흰색이 된다

죽도 밥도 모르는
아이들은
현고학생부군신위를 태운 검은 재를 물밥에 말아 먹
는다

구멍이 숭숭 뚫린 어린 짐승의 등뼈가 뒹굴고 있다
누군가 밟고 간 사잣밥 옆에

물밥을 먹고 자란
아이들은 먹은 걸 토하면서

백년을 더 산다

컵에 묻은 입술

컵을 씻는다
손에서 손을 떼어 내야지
입에서 입을 떼어 버려야지
입부터 씻는다 손잡이부터 씻는다
컵에서 컵으로 입은 번진다
소문은 퍼진다
거품은 부풀어 오른다 컵에서 컵으로
사이즈마다 다른 컵의 질문
컵의 의문
(굳어진다 희미해진다 단단해진다)
몇 개의 얼굴이 포개진다
누구였더라 언제 봤더라 어디서 밀었더라 어디 묻었더라
컵과 컵은 서로 부딪치고
입술과 입술도 서로 부딪친다
헤어지고 흩어지면 서로
건배!
깨지고 찢어지면 비로소 파이팅!
거품은 너무 쉽게 풀리고
너무 쉽게 잊혀지고

컵은 입을 뭉갠다
입은 컵을 으깬다
어 컵 오브 커피 한 잔의 커피
커피 한 잔을 시켜 놓고

수국과 의자와 고양이와

수국이 피어 있다 담벼락에 한 줄로 나란히, 담쟁이 같다 왼쪽으로 고개를 갸웃, 담벼락은 수국을 보았을까 수국은 담쟁이를 알까 의자가 지평선에 앉아 있다 의자가 보는 곳은 서쪽일까 동쪽일까 동쪽과 서쪽은 언제 만날까 고양이 한 마리 사뿐 올라앉는다 의자와 겹친다 의자와 수국과 고양이가 겹친다 고양이는 제가 고양이로 보일까 그림자가 의자에서 흘러내려 와 몸을 세운다

그림자는 그림자인 척한다 수국은 수국인 척한다 의자는 의자인 척한다

아버지

—F14, 1/200초, 19㎜, pm8

안 찍는 게 없구나 밥알보다 더 많은 알약 마른 침샘과 갈라진 목구멍 입 냄새 땀 냄새 지린내까지 다 찍는구나 보인다고 다 찍느냐 못 찍는 건 차마 못 찍고 안 찍는 건 절대 안 찍어야지 반쪽만 찍어라 되든 안되든 옆만 찍어라 밑만 찍어라 시퍼런 바늘 자국도 멍만 찍고 검버섯 손등도 점만 찍어라 이불보다 더 커진 파자마도 시접만 찍어라 부분이 전부고 부분이 전체니까 나는 점점 지워지고 점점 흐려지는구나 웃다 만 웃음 울다 만 울음을 바닥에 짓이기는 너는 누구냐 누구 손이냐 누구 눈이냐 누구 입이냐고!

구멍만 남은 도넛

내가 버린 남자는
달인

단 10초 만에
달달한 왕도넛을 백 개나 튀기지

흰 가루를 먹고 자란 아이는
아무 데서나 입 맞추고 배꼽 맞추고

설탕은 안 썩고 밀가루는 더 안 썩고
우리가 부풀렸던 흰 가루는 다 어디 간 걸까

내가 버린 여자는
달인

하루에 열두 편씩 서정시를 쓰지
물뱀의 혓바닥으로

나는 흑이냐 백이냐 헷갈리고 있지

구멍만 남은 도넛을 입에 물고

가족 감정

머리가 아파 쥐가 났나 봐 양말을 머리에 쓰고 발을 굴린다 내 머리 내놔 내 식판 내 쥐구멍을 찾아 나는 책상 밑으로 기어 들어간다

맛있다 식판에 머리를 박고 우적우적 씹는다 바지 안에 손을 넣어 본다 만지는 만큼 나는 커진다 내 바지 속 쥐는 너무 빨리 자라는 것 같아 삐뚤빼뚤 절뚝절뚝 키득키득

멋있다 칠판에 밥이라고 써 본다 밥은 왜 밥인지 칠판에 밥알이 붙어 있다 칠판은 너무 크고 나는 손목이 너무 아프고 배도 너무 고프고 먹어도 먹어도 배는 차지 않고 난 아직 어른이 아니야 아직은 더 늦어도 되고 아직은 더 아파도 되고 더 나빠져도 돼 저녁 햇살이 운동장을 저벅저벅 걸어온다 엄마처럼

또 늦네 엄마는, 양말도 쥐구멍도 아니면서

운다 엄마가 쥐똥 같은 눈물을 뚝뚝 흘린다 그래도 엄마는 엄마고 아들은 아들이지 운동장에서 엄마가 또 운다

울지만 엄마 내가 젖도 핥아 주고 빨아 주기도 할게 엄마
야 나야 제 이름도 모르는 대가리에 피만 마른

　개자식이야 쥐구멍이야 어때, 손 넣어 봐

3분 교차로

3분간 안경 닦고
3분간 입술 바르고
당분간 나는 3분,
검은 식빵은 씹고 바나나 껍질은 던져 버린다
차창을 내린다 3분간 눈이 오다가
3분간 비가 오다가
머리가 으깨진
고양이를 물끄러미 보다가
희미해진 스키드마크를 보다가
3분간 묻고 답한다
저 간판 맞나 저 노란 차 맞나 저 교차로 맞나
오늘이 오늘 맞나
신호가 바뀌면
우리는 입을 맞추고
코를 맞대고
나는 빨강 너는 파랑

엇갈린다

입술과 입술 사이, 3분간

비등점의 한때

맨 처음
우리는 거위였어요
왼쪽 겨드랑이에 달린 귓불이었죠
어쩌면 우린 둘 다 날개였는지도 몰라요
나누기도 자르기도 붙이기도
좋은 감정의 상태
연인일까요 부부일까요 남매일까요
어쩌면 우리는 계단이었을지도 몰라요
딱지 접듯이 딱딱딱 접어
압축 팩에 넣으면
돌처럼 단단해지는
홑이불이었는지도 모르죠
눈도 코도 붙어서
밤새 꽝꽝 얼려 놓아야
겨우 사람이 되는 눈사람이었는지도 모르죠
때때로 우리는 각각
다른 프라이팬에서 볶은
검은콩 검은깨 흑마늘이었는지도 몰라요
어쨌든 모두 기름이 되었거든요

유채 옥수수 현미 콩 포도 올리브 해바라기처럼
결국 우린 물방울이 되겠지요
입에 고인 침처럼
비등점이 아주 낮거나 비등점이 없는
단 한 번의 기록

차강티메*

죽은 동물은 먹지 않는다
유목민들의
불문율,
무언가 잘못된 것이 있는지
혹시 무언가 잘못되어가고 있는지
─ *대학 입학 앞둔 10대, 부킹 여성 성폭행 후 살해 유기*
사막은 말이 없다
낙타는 태어난 게 아니라 키워지는 것
낙타가 무릎을 꿇는다
─ *공사 현장에서 녹슨 포탄 40여발과 수류탄 103점 발견*
사막에게
낙타는 폐기의 용도
붉은 내장을 드러내 놓고 말라 가는 흰 낙타 한 마리
낙타는 사막을 실린다
─ *80대 노인 치매 아내와 연탄불 피워 목숨 끊어*
깊은 발자국과 함께
고통 없이 죽는 방법에 대해 생각한다
고통 없이 죽이는 방법에 대해 생각한다
까마귀를 쫓는다

까마귀를 쫓지 않는다
—— *아내 살해 40대 3개월간 시신과 동거*
붉은 내장과 말라 가는 흰 갈기털이 있을 뿐
사막에 흰 뼈를 묻는다
금모래 혓바닥으로

* 흰 낙타.

비정신기생체

뼈를 판다

서점에서 편의점에서 뼈를 판다

광대뼈가 툭 불거진 여자가 통뼈 여자가

뼈로 짠 스웨터를 입고

통뼈를 판다 갈비뼈를 판다 피와 뼈를 판다

호피무늬 찍힌 뼈가 구멍이 숭숭 난 뼈가

주름이 겹겹이 쌓인 뼈가

책처럼 꽂혀 있다

빵처럼 쌓여 있다

전자렌지에 2분 데워 드세요

빈 그릇은 이곳에

구멍도 없고 골수도 없고

잔금만 자잘한 뼈가

누구가의 옆구리도 한번 찔러 보지 못한 뼈가

누군가의 혓바닥에서 썩고 있을 뼈가

가격표를 이마에 붙이고

검은 마스크를 쓰고

마네킹처럼 팻말처럼 서 있다

해골 세트 갈비뼈 세트 골반뼈 세트 쇄골 세트

뼈가 뼈를 사고 뼈가 뼈를 판다
뼈다귀를 입에 물고
뼈 없는 표정으로

여름 저수지

죽은 개를 묻고 와서 밥을 먹는다 주워 온 식탁에 달빛 하나, 흐릿하다 천장에 벌레 한 마리, 검은 점처럼 붙어 있다 죽으면 점이 되는 것들, 개 짖는 소리가 멀리서 들려온다 죽으면 소리가 되는 것들, 두 무릎을 껴안고 앉는다 저 달은 뜨는 것일까 지는 것일까

벌레는, 벌레를 소리 없이 기어간다

단편들

젊은 베르테르가 칼을 갈고
다자이는 돌을 던지고 또 던집니다

젖도 꿀도 끝도 없어요
이 장면은

가까우면 비극,
멀리 더 멀리 멀어지면 희극이지만

마담 보봐리는 모티브
채털리 부인의 사랑은 영원한 네러티브죠

애독자 여러분,
세 번째 주인공은 언제 어디서 어떻게 없애 버릴까요

읽을 수 없는 건, 제발 읽지 맙시다

축화 화환에서 흰 꽃만 뽑아서
근조, 라고 씁니다

동물

── 실험

쥐가 사라졌어 오천 원짜리 흰쥐 비커에도 사물함에도
내 머리 속에도 없어 첫날은 꼬리 자르고 둘째 날은 꼬리
붙이고 셋째 날은 등에 귀 두 짝 붙였지 7일 째 밤은 무엇
으로든 다시 태어나야 하는데 어디 숨은 거야 어디 숨긴
거야 아, 헷갈려 심장을 뺐는지 눈알을 뽑았는지 칩을 심었
는지 칩을 뺐는지 어디 간 거야 보고서도 못 쓰고 동영상
도 놓쳤는데 혹시? 의심은 의심을 낳고 의문은 의문을 낳
지 과학의 법칙이지 호기심도 심심풀이도 장난도 다 과학
이지 과학의 어머니지 어쨌든 쥐를 찾자 죽기 전에 잡자 죽
기 전에 죽이자 우린 모두 쥐꼬리를 손등에 붙이고 이마에
붙이고 춤춤춤 웃는 얼치기 과학도 설치기 과학도 앗, 샘
치마 밑 그 꼬리는?

협객

빗속에서 배를 가른다
그가

더 가볍게
더 빠르게 세계를 베기 위해

핏물은 빗물,
빗물은 핏물,

그는
제 배를
一자로 쓰윽 가르고
새어 나오는 빛을
본다

제 눈을 찔러서

배드민턴 강좌

셔틀,
힘껏 걷어 올려라
멀리멀리 날아가 버리게
다시는 안 돌아오게
저건 새야 저건 깃털이야 잠시 잠깐
새가 되는 기분
셔틀이 모를 리 없지 날개 없이 나는 기분
깃털이 모를 리 없지
귀신도 모르게 허공에서 죽는 기쁨,
귀신도 모른다지
새들의 무덤은
(여보, 새들은 날아가면서 잔대)
구천을 떠도는 귀신도 새 떼가 한번 지나가면
온데간데없이 사라진대
깃털이 모를 리 없어
비행운이 그린 운명선, 새들의 생명선이지
깃털 날아간다 덕다운도 구스다운도 아무 데나 벗어 놓
지 마라
제발 더 높이 더 멀리 쳐 올려 봐라

단 한 번만이라도
하이클리어!
깃털도 날개니까
다시는 못 돌아오게 다시는

글쓰기는 허무하지 않다

김상혁(시인)

1

 조민 시인은 독자에게 감동을 주려는 생각이 없다. 방금 나는 너무나 이상한 문장을 적었다. 도대체 어떤 시인이 읽는 이의 감동을 고려한단 말인가? **시인은 독자에게 감동을 주려는 생각이 없다.** 이처럼 당연한 말 앞에다 나는 굳이 시인의 이름을 더한 것이다. 그만큼 철저하게, 조민은 아무도 위로하지 않는다. 그녀의 언어는 시의 정서가 자기 위로나 타인을 향한 연민으로 빠지는 것을 용납하지 못한다. 물론 시집의 어느 문장들은 종종 눈물샘을 자극할 것이다. 그러나 그 뒤에 이어지는 다른 문장에서, 아니면 다음 페이지에 실린 다른 시편에서, 우리는 곧 시인의 차분하고 냉랭한 호흡에 집중하게 된다.

　　조끼를 뒤집어 입은 사내가 트럭에 앉아 참외를 깎는다

　　쪼개진 수박마다
　　칼이 박혀 있다

　　노란 노끈에 고양이
　　한 마리
　　서로가 서로에게 묶여 있다

　　흰 장갑을 낀 손이 웃다가 손을 흔들다가 허리를 굽힌다

　　도로 한가운데 너는
　　혼자 서 있다

　　큰물에 떠밀려 온 통나무 토막처럼
　　　　　　　　　　　　　　　　　　　　—「후보자」

　사내의 뒤집힌 조끼, 수박에 꽂힌 칼, 서로 '한 마리'처
럼 얽혀 있는 노끈과 고양이 등은 조민의 눈에 포착된 관
계의 양상들이다. 이 존재들은 서로를 폭력적으로 침범하
거나 구속하고 있다. 이후 시의 전개는 그래서 '나'가 상처

를 입었다거나 혹은 슬픔에 빠졌다거나 하는 식으로 나아가지 않는다. 시인은 여기서 다소 엉뚱한 장면을 보여 주는데, "웃다가 손을 흔들다가 허리를 굽"히는 '흰 장갑'에 독자는 문득 시선을 빼앗기게 되는 것이다. (흰 장갑을 낀) '손'이란, 웃음으로 악수를 청한다는 점에서 환영의 표지이지만, '더 이상 다가오지 말라'고 경고하는 금지와 배척의 표상이기도 하다. 어쩌면 모든 내밀한 존재들은 이처럼 서로를 끌어당기는 동시에 서로를 밀어내는 것일지도 모른다.

이어지는 장면에 등장하는 "도로 한가운데" 선 '너'가 과연 '흰 장갑을 낀 사람'과 동일한 자인지는 확실치 않다. 중요한 건 '흰 장갑'이라는 '환영-금지'의 양가적 표지가 곧 외로움의 정서로 전환된다는 사실이다. 아무도 없는 도로 한가운데 '너'는 홀로 서 있다. '너'는 내밀한 관계의 폭력성을 이해하는 자이며, 타인과 가까워지면 가까워질수록 극복할 수 없는 공허를 느끼는 자이기도 하다. 그래서 결국 *"큰물에 떠밀려 온 통나무 토막"*처럼 외로운 자인 것이다.

그럼에도 조민을 읽는 독자는 외로운 '너'와의 거리감을 끝내 극복할 수 없다. 이는 그녀가 섣부른 자기 연민과 세계에 대한 감상적 인식의 문턱에서 매번 미련 없이 돌아서기 때문이다. 애초 '도로 한가운데의 너'를 바라보는 시인의 자리는 '너'와 밀착되어 있지 않다. '나'는 흡사 높은 건물에서 아래를 내려다보듯 '너'를 지켜본다. 시에는 이미 장갑을 낀 자의 '얼굴'보다 그의 '흰 장갑'이 눈에 먼저 들어

올 만큼의 거리감, 크게 일어난 물과 통나무 토막을 조망하는 듯한 거리감이 전제되어 있는 것이다. 시의 정서에 완전히 빠지게 가까이도 아닌, 그렇다고 시적 대상을 아예 외면하게 먼 곳도 아닌, 그런 거리에 독자는 붙들려 있다. 어쩌면 조민의 언어 자체가 *"큰물에 떠밀려 온 통나무 토막처럼"*, 텍스트의 한가운데 버젓이 위치한 장애물일지도 모른다. 그래서 조민의 시를 읽는 경험은 시의 언어가 발견해 낸 절묘한 미학적 거리에 매혹되는 경험과 다르지 않다.

2

조민의 시는 종종 동화적으로 보인다. 하지만 그녀의 시를 특별하게 만드는 것은, 작품 곳곳에 배치된 엉뚱하고 발랄한 이미지 자체가 아니라, 그러한 이미지를 통해 확보되는 절묘한 균형감이다. 그녀는 가장 진지한 시의 전언을 가볍고 화려하게 부린 문채(文彩)의 뒤편에 숨겨 둔다. 그리하여 시의 언어는 생기가 소진된 철학적 구호로도, 정념이 거세된 단순한 말장난으로도 떨어지지 않는다. 다시 말하지만, 조민의 모든 시적 발화는 미학적인, 저 황홀한 거리 재기의 철저한 수행이기도 하다.

수수밭에 수수는 없고

쉿, 쉿

수수밭에 쉬쉬만 사는데

수수알에도

수숫단에도

수수는 없는데

수수깡 슬리퍼 짝짝이 신고

수수를 따러 가는데

수수를 따려면 길을 몇 번이나 잃어야 되는데

길은 없고

수수는 더 없고

죽은 사람보다 산 사람의 해골이 더 많은

수수밭의

수상한 수수께끼

쓸어 담을 것도 없고

쓸어 버릴 것도 없는

방만하고

방탕한

구름 잡는 수수 이야기가

쉿, 쉬쉬하는데

—「나의 수수밭」

　'나의 수수밭'이라는 다소 낭만적인 제목에 비하여 작품
의 어조는 경쾌하고 빠르다. 그렇다고 해서 각각의 문장이

지닌 정서적 호소력이 떨어지는 건 아니다. 수수를 따기 위하여 "길을 몇 번이나 잃어야 되는" 상황의 묘사, 수수밭에 "죽은 사람보다 산 사람의 해골이 더 많"다는 역설적 진술, "쓸어 담을 것도 없고/ 쓸어 버릴 것도 없"다는 체념의 발화 등은 구체적 현실보다는 오히려 어떤 현실에 처한 발화자의 정념 자체를 재현한다. 강조되는 것은 절망적 현실이 아니라 그러한 현실을 통과하는 자의 절망감이다. 그럼에도 텍스트 곳곳에 출몰하는 수많은 '수수'들과 짧은 호흡으로 끊겨 있는 시행들은 시의 기조를 이루는 절망과 고독의 정서 바깥으로 읽는 이를 밀어낸다.

당연하게도 어떤 존재가 끝없이 맴돌아야 하는 수수밭이란, 삶의 유비적 공간일 수밖에 없다. 시인은 바로 이곳, 삶의 자리에서 "산 사람의 해골"을 보는 것이다. 이는 물론 '삶 바깥은 죽음'이라는 식으로 존재의 외연을 단순화한 표현이 아니다. '산 사람-해골'은 '인간이란 살아 있으면서 동시에 죽어 있는 존재'라는 식의 관념적 비유일 수도 없다. 삶이란 필연적으로, 단순히 '살아 있음'이 아니라, '타인과 함께 살아 있음'이다. 그래서 '산 사람-해골'은, 삶이라는 관계의 테두리 안에서, 영원히 낯설게 표상되는 '타인'의 이미지다. 우리는 타인이라는 분명히 살아 있는 익숙한 존재, 그럼에도 죽음처럼 끔찍하게 낯선 존재와 매일 마주친다.

존재-관계에 대한 사유는 '섯'이라는 소리에 재차 응축되어 나타난다. 기약 없는 방황과 절망적 대면의 서사를 뒤로한 채, 결국은 '쉿'이라는 비밀스러운 소리만이 저 수많은 '수수'들을 통과하여 시인의 귓가에 도달하고 있음을 기억하자. 시인은 '수수 없는 수수밭'이라는 공백과 공허의 형식('수수')을 반복하다가, 끝내 "쉿, 쉬쉬하는" 소리를 듣게 된다. '쉿'이라는 소리는 어떤 말을 금지하는가? '쉬쉬'해야 할 비밀이란 대체 무엇이란 말인가? 두말할 필요도 없이, 은폐되어야 할 것은 존재-관계에 근원적으로 기입된 고독과 상처이다.

'쉿'은 조용히 할 것('침묵')을 종용하는 '소리'라는 점에서 탁월하게 역설적이다. '쉿'은 무언가를 '감추는' 소리이자, 무언가를 비밀로 만들었다는 사실을 '알리는' 소리다. 가령 다음 시를 보자.

검은 빛이 새어 나올 때까지 사선으로
칼금을 그어 주세요

(쉿, 이 칼은 누구의 손인가요?)

칼금이 흔적도 없게
칼자루까지
와작와작 씹어서 삼키세요

—「타투 레터링」에서

시인은 '문신' 이미지를 통하여 관계의 근원적 폭력성을 그려 낸다. 칼금을 긋는 고통이 없다면 '타투 레터링'은 가능하지 않다. 이처럼 관계의 내밀한 흔적은 칼로 새긴 글자처럼 존재의 살갗 위에 선명히 남는다. 그렇다면 이어지는 '쉿'은, 표면적으로는 그러한 관계성을 비밀로 삼으려는 시도이다. 하지만 '쉿'은 괄호로 묶이고, 기울어지고, 짙어지며 거듭 강조된다. 그리하여 '쉿'은 응당 비밀로 삼아야 할 바를, "쉿, 이 칼은 누구의 손인가요?"라는 자문을 통해 오히려 추문으로 퍼뜨리는 역할을 한다. 저 질문은 '이 칼이 누군가의 손'임을 명확히 한다.

이처럼 조민의 '소리'는 수시로 역설적이다. "뼈 깎는 소리"가 "귓속에서"(「흰옷 입은 메티 1」) 난다고 말할 때 그 소리는 '나'의 고통을 타인에게 전달하는 기능을 전혀 수행하지 못한다. 귓속의 소리는 존재의 고통을 존재 자신에게만 증폭시킬 뿐이다. 정신이 온전치 못한 여자가 나무토막을 두들기며 내는 "천국 갑시다 딱, 딱, 딱 천국/ 갑시다 딱, 딱, 딱"(「세상의 모든 아침」) 같은 소리도 있다. 이는 신의 '은혜'를 전파하기는커녕 인간의 '죄'를 상기시킨다. 다음 연에서 저 소리는 '나'가 교회에서 당한 성추행 경험에 관한 연상으로 이어진다. 또 다른 인상적인 시편인 「백색소음」은 성과 속이 서로를 침범하는 순간을 '고양이 궁둥짝에 깔린 성경책'의 이미지로 보여 준다. 소음인 동시에 소음이 아닌 '백색소음'이라는 제목 자체가 시의 전반적인 정념을 암시

하는 경우라 할 수 있다.

조민의 시에서 이중적이고 역설적인 건 물론 '소리'만이 아니다. 여러 시편들이 존재-관계의 근원적 양상을 역설적 감각을 통해 악착같이 드러내고 있다. 수많은 사례 가운데 몇몇을 인용한다.

(1)
컵을 씻는다
손에서 손을 떼어 내야지
입에서 입을 떼어 버려야지
입부터 씻는다 손잡이부터 씻는다
컵에서 컵으로 입은 번진다
소문은 퍼진다
거품은 부풀어 오른다 컵에서 컵으로
사이즈마다 다른 컵의 질문
컵의 의문
(굳어진다 희미해진다 단단해진다)
몇 개의 얼굴이 포개진다
누구였더라 언제 봤더라 어디서 밀었더라 어디 묻었더라
　　　　　　　　　　　　　　　　　—「컵에 묻은 입술」에서

(2)
맨 처음

우리는 거위였어요

왼쪽 겨드랑이에 달린 귓불이었죠

어쩌면 우린 둘 다 날개였는지도 몰라요

나누기도 자르기도 붙이기도

좋은 감정의 상태

연인일까요 부부일까요 남매일까요

어쩌면 우리는 계단이었을지도 몰라요

딱지 접듯이 딱딱딱 접어

압축 팩에 넣으면

돌처럼 단단해지는

홑이불이었는지도 모르죠

눈도 코도 붙여서

밤새 꽝꽝 얼려 놓아야

겨우 사람이 되는 눈사람이었는지도 모르죠

———「비등점의 한때」에서

(3)

죽은 개를 묻고 와서 밥을 먹는다 주워 온 식탁에 달빛 하나, 흐릿하다 천장에 벌레 한 마리, 검은 점처럼 붙어 있다 죽으면 점이 되는 것들, 개 짖는 소리가 멀리서 들려온다 죽으면 소리가 되는 것들, 두 무릎을 껴안고 앉는다 저 달은 뜨는 것일까 지는 것일까

벌레는, 벌레를 소리 없이 기어간다

　　　　　　　　　　　　　　　　　　──「여름 저수지」

　(1) 첫 시는 컵에 찍힌 누군가의 손자국과 입술의 흔적을 씻어 내는 장면에서 시작한다. 조민의 상상력은 일상적인 상황을 관계의 상호 침투가 벌어지는 사건으로 뒤바꾼다. 컵에 찍힌 흔적은, 쉽게 지워지지 않는 문신처럼 거기에 남아 있을 뿐 아니라, 끝없이 번지고, 퍼지고, 부풀어 오른다. 그러다가 "몇 개의 얼굴이 포개진다." 낯선 타자의 상징인 저 '얼굴'들의 겹침 혹은 뒤섞임은 존재들의 모호성을 재차 배가시킨다. 관계가 깊어질수록 "누구였더라 언제 봤더라 어디서 밀었더라 어디 묻었더라"와 같은 의문도 함께 깊어진다. 이처럼 관계는 존재들을 그러모아 하나로 묶지 못하고 오히려 그들의 차이를 선명히 부각할 뿐이다.

　(2) 두 번째 시에서는 '우리'라는 관계가 겪는 위상 변화가 이미지의 비약을 통해 드러난다. 우리는 거위였고, 귓불이었고, 어쩌면 날개였는지도 모른다. 중요한 것은 변화의 각 양태가 아니라, 변화 자체가 '우리'의 본질이라는 점이다. 흡사 비등점이 극단적으로 낮은 액체처럼, 우리는 끊임없이 증발하거나 기화한다. 둘을 하나로 묶으려는 '우리'라는 기획이 변화와 분화의 본질적 원인으로 지목되는 것이다.

　(3) 이쯤에서 언급하지 않을 수 없는 시집의 테마가 있다. 바로 '죽음'이다. 죽음의 이미지는 작품 속에서 존재-관

계의 근원적 양상이 가장 극적으로 드러나는 순간마다 관여한다. 세 번째 작품의 '나'는 "죽은 개를 묻고 와서 밥을 먹는다." 하지만 평범하게 밥을 삼켜야 하는 일상으로 돌아온 뒤에도 '죽음'이라는 흔적은, 불쑥 눈앞에 나타나는 타인의 얼굴처럼, '나'를 수시로 찌르고 침범한다. 아끼는 개의 죽음을 경험한 후이기에, 이제 '나'에게는 "천장에 벌레한 마리"의 사소한 죽음마저 분명한 흔적으로 인식되기 시작한다. 다음 장면에서 들려오는 개의 소리는 아까 '나'가 땅에 묻은 그것의 소리가 물론 아니다. 하지만 모든 '살아 있는 개의 소리'는 앞으로 영원히, '이미 죽은 개의 소리'와 얽힌 채로 들려올 것이다. 죽음은 소리 낼 수 없다. 그럼에도 죽음은 영원히 소리를 낸다. 저 죽음의 소리는 존재의 외부에서 들려오는 게 아니라, 살아 있는 존재의 내부에 문신과 같은 상처를 남겨, 그 내부로부터 외부의 소리와 공명하는 방식으로 존재의 틈을 들쑤신다.

3

죽음은 존재에게 있어 가장 극단적이며 불가역적인 변화다. 하지만 한 존재가 바라보는 모든 죽음은, 그것이 결국은 타자의 죽음이라는 점에서, 영원한 수수께끼로 남을 수밖에 없다. 어쩌면 죽음 자체가 타자의 무한성에 대한, 그리고 존재-관계의 낯섦에 대한 탁월한 비유일 수 있다.

　　오리주둥이 같구나 주먹을 빠는 입이

　　먼저 간 네 엄마는 네 발로도 잘 걷고 앉아서도 잘 걸었지 밥도 잘하고 아이도 잘 낳고 젖도 참 많았지 엄마라고만 안 불렀어도

　　누군가 나도 데려가겠지 무릎이 까지도록 마루를 닦고 손톱이 빠지도록 계단을 닦으면 소리 소문 없이 새벽마다 검은 쌀을 씻고 보리죽도 끓이고 간장 된장 다 달이고 내 이름도 주소도 깡그리 잊어버리기만 하면 엄마, 엄마

　　뜨거운 팥죽을 맨손으로 잘도 푸는구나 빈 방에 팥죽 한 그릇 나 한 그릇 나 모르게 가거라 가스불도 끄고 전기코드도 빼고 환풍기도 끄고

　　너 안 불렀다 네 엄마 불렀다

　　엄마, 이젠 눈을 뜨고 주무시네 곰국도 한 솥 흰밥도 한 솥 보리차도 한 솥 이걸 다 먹기 전에 가시겠지 설마, 이걸 다 먹고 가실까 앗,

차가워 바닥이 냉골이군 외투도 벽도 물통도 다 꽁꽁 얼었
네 가족사진 같네 나가자 가자 아버지 깨시겠다 엄마 부를라
또 끄떡없어 불판이나 빙판이나 바늘판이나

장님 벙어리 귀머거리면 만사형통이지 만병통치약이지 이
승이나 저승이나 천당이나 지옥이나 그게 그거지

문 닫지 마라 가스불도 연탄불도 끄지 마라 네 엄마 올
거다

설마!

　　　　　　　　　　　　　　　　　　　　──「가족 감각」

　가족만큼이나 관계의 본질을 선명히 보여주는 집단도
없을 것이다. 조민의 시에서 '가족'이 항시 죽음의 이미지를
품고 있는 건 우연이 아니다. 죽음을 맞이하지 않는 가족
이란 그저 드라마에만 존재한다. 드라마라는 쇼는 가족을
"행복하게 오순도순 오래오래 살게"(「우린 모두 가족처럼」)
한다. 반면, 「가족 감각」은 현실의 가족을 다룬다. 실제 가
족은 서로를 할퀴고, 서로의 영역을 침범하고, 병 들거나
사고를 당해 죽어 간다. 어쩌면 '가족 감각'이란 다른 식구
의 폭력성을 감지하는 감각이며, 그러한 폭력성에 시시각
각 반응을 보이는 감각일 것이다. 그리고 '가족 감각'을 극

도로 자극하는 사건은 당연히 가족의 '죽음'일 수밖에 없다.

인용된 시는 발화부터 뒤섞여 있다. 대체 '나'에게 말을 건네는 것은 '나'의 아버지인가 어머니인가? "먼저 간 네 엄마는 네 발로도 잘 걷고 앉아서도 잘 걸었지"라고 말하는 자는 아버지다. 하지만 "나가자 가자 아버지 깨시겠다"고 말하는 목소리는 어머니의 것으로 보이며, 앞서 "누군가 나도 데려가겠지"하고 한탄하는 음성은 '나'의 것에 가깝다. 이미 벌어진 '죽음' 혹은 죽음의 증상인 '망각'(치매)에 의하여 '아버지-어머니-나'의 고정된 관계는 마구 뒤틀리고 뒤섞인다. 어디가 누구의 발화인지, 실제로 누가 죽었으며 누가 망각이 초래한 환영인지를 명확히 구분하는 작업은 깔끔하게 마무리되지 않는다. 오히려 그러한 발화들은 서로를 침투한 상태 그대로 시를 지탱해야 옳다.

관계를 구별하고 자기 역할을 수행하는 정상적인 가족 감각은 더 이상 기능할 수 없게 되었다. 가족 구성원은 자기 역할을 제대로 수행하지도, 가족을 가족으로 인식하지도 못한다. 죽음과 죽음의 증상들에 의하여 가족은 문득 가장 낯설고 폭력적인 타인으로 '나'의 눈앞에 현현한다. 가장 친밀한 관계가, 그러한 친밀성으로 인하여, 가장 섬뜩한 관계로 돌변한 것이다. 어쩌면 이제 '나'가 진정으로 바라는 것은 가족과 함께 하는 삶이 아닌, 가족으로부터 벗어날 수 있는 죽음일지도 모른다. 이와 같은 극단적 파국의 양상은, 다른 시 「가족 감정」에 등장하는 '나'의 퇴행적 태도("양말을 머리에 쓰"거나 "쥐구멍을 찾아" 기어드는)와 발화("난 아직 어른이 아니야 아직은"이나 "엄마 내가 젖도 핥아 주고 빨아 주기도 할게"와 같은)를 통해서도 극적으로 제시된다.

조민 시인은 가장 내밀한 타자라 할 수 있는 '가족'과 가장 낯설고 섬뜩한 타자의 상징인 '죽음' 이미지를 결합하여 관계의 근원적 폭력성을 살피고 있다. 그러한 관계성은 이미지를 통하여 최초 제시되고, 착종된 발화의 형식을 통하여 재차 이중으로 제시된다. 그렇다면 결국 조민에게 존재-관계란, 죽음이나 망각과 같이 허무하기 짝이 없는 것일 뿐인가? 그녀의 언어와 자기 인식은 허무주의의 함정을 어떻게 벗어나는가?

4

타자는 죽음처럼 영원히 낯설다, 모든 존재는 관계를 갈망하나 그러한 갈망은 이미 파국의 씨앗을 품고 있다, 관계의 본질은 폭력이다, 등등. 바로 이것이 조민의 말이다. 그럼에도 "걷는다는 것은/ 세상 안에서 순식간에 사라져 버리는 것/ 세계를 지워 버리는 것…(중략)…결국은 잊혀지는 것"(「나의 도보여행자」)이라는 절망적인 목소리에조차 여전히 생기와 기운이 남아 있는 건 왜일까. 이는 시인이 전략적으로 동화적 어조를 구사하기 때문이기도 하지만, 근본적으로 조민이 '글 쓰는 자'로서의 자기 의식을 견지하고 있기 때문일 것이다. 이는 짐짓 자신을 대단하게 여기는, 어리석은 예술가로서의 자의식이 아니다. 그것은 성실하게 보고, 치열하게 느끼고, 솔직하게 써 내는 자의 역할을 기꺼이 떠맡겠다는 의지, 그리하여 자기를 덜 드러내는 방식으로 "익명의 체험담"(같은 시)으로서의 글쓰기를 관철하겠다는 건강한 의식이다. 「애자」라는 시에서 조민은 "빛이 있으라, 하니/ 내가 있었다"고 쓴다. 이는 내가 곧 빛이라는 허풍 따위가 아니라, "천둥 번개가 내 머리카락에 불을 붙이"는 순간을 "철탑 밑에 쪼그리고 앉아" 끝내 기다리고 말겠다는 의미이다.

나는 빛을 모자로 쓴 시인,

얼마나 좋나 매일매일 불타서

태양신도 아니면서 태양을 머리에 쓰고 태양을 신고 다니고

그런데 왜 그럴까

조민이 되고부터 밤낮으로 시달리는 만성 두통

알 수 없는 불안과 초조

일 년 내내 붙어다니는 열감기에 코감기

──「의천도룡기」에서

그녀는 "빛을 모자로 쓴 시인"으로서 "태양신도 아니면서 태양을 머리에 쓰고 태양을 신고" 있다. 이는 영광의 형상이 아니다. 오히려 시인은 이후 "알 수 없는 불안과 초조/ 일 년 내내 붙어다니는 열감기에 코감기"를 겪는다. 하지만 "조민이 되고부터 밤낮으로 시달리는 만성 두통"(「의천도룡기」)은 그녀가 필명 '조민'을 사용한 순간부터 자초한 것이기도 하다. 「당신의 화자」라는 상징적인 제목의 시를 통해 조민은 "이가 아프군, 하면 이가 아프고/ 배가 아프군, 하면 배가 아프"다고 적는다. 또한 그녀는 "자면서 쓰고 자면서 말한다"(「하이퍼그라피아」)고 고백하기도 한다. 시집 전반을 통해 시인은 자신이 시를 쓰고 있다는 사실을 전혀 숨기고 있지 않다.

글쓰기는 최고로 불행한 자 — 세계(관계)의 본질이 폭력이라는 사실을 인식적으로 선취하고 있기에 — 를 그가 속한 불행한 세계로부터, 불행한 세계가 초래하는 허무주의로부터 매번 아슬아슬하게 구원해 낸다. 시의 힘이 이것이다. 그녀의 시는 섣부른 감동이나 자기 위로를 꾀하지 않는 방식으로, 끊임없이 '쓰고 있음'을 철저히 의식하는 방식으로, 세계의 불행과 폭력을 견딘다. "말풍선처럼 붕붕 따라다니는 하루살이 떼를 머리에 쓰고"(「하루살이 떼를 머리에 쓰고」) 있는 조민은, 끔찍한 현실의 구체(具體)를 매일 그 말풍선 안쪽으로 한정해 보려 노력한다. 그럼에도 현실을 포착한 말은 "물로 글을 쓰고 행인을 그리고 가로수를 그린"(「토리노의 말」) 것처럼 자꾸만 증발하고 지워지지만, 또한 계속 지워지고 있기에 시는 영원히 새롭고 아름답게 반복되기도 한다. 그러니까 조민은 "구멍만 남은 도넛을 입에 물고"서라도, 여전히 미소를 잃지 않은 채 "하루에 열두 편씩 서정시를 쓰"(「구멍만 남은 도넛」)는 일을 계속할 것이다.

지은이   조민

경남 사천에서 태어났다. 2004년 《시와 사상》으로 등단했다.
시집으로 『조용한 회화 가족 No.1』이 있다.

구멍만 남은 도넛

1판 1쇄 찍음 2017년 6월 23일
1판 1쇄 펴냄 2017년 6월 30일

지은이 조민
발행인 박근섭, 박상준
펴낸곳 (주)민음사

출판등록 1966. 5.19. (제16-490호)
서울특별시 강남구 도산대로1길 62(신사동)
강남출판문화센터 5층 (06027)
대표전화 515-2000 / 팩시밀리 515-2007
www.minumsa.com

ⓒ 조민, 2017. Printed in Seoul, Korea

ISBN 978-89-374-0856-4 04810
　　　978-89-374-0802-1 (세트)

민음의 시

**민음의 시
목록**